생각쑥쑥문고 ⑯

초판 1쇄 발행 2018년 11월 16일
초판 3쇄 발행 2020년 2월 17일

지은이 유강
그린이 장은경

펴낸이 이상순
주간 서인찬
편집장 박윤주
제작이사 이상광
기획편집 박월, 김한솔, 최은정, 이주미, 이세원
디자인 유영준, 이민정
마케팅홍보 이병구, 신희용, 김경민
경영지원 고은정

펴낸곳 (주)도서출판 아름다운사람들
주소 (10881) 경기도 파주시 회동길 103
대표전화 (031) 8074-0082 **팩스** (031) 955-1083
이메일 books777@naver.com
홈페이지 www.books114.net

ISBN 978-89-6513-526-5 43810

이 도서의 국립중앙도서관 출판예정도서목록(CIP)은 서지정보유통지원시스템(http://seoji.nl.go.kr)과
국가자료종합목록구축시스템(http://kolis-net.nl.go.kr)에서 이용하실 수 있습니다. (CIP제어번호 : CIP2018035547)

감정 로봇
프로젝트

글 **유강** | 그림 **장은경**

아름다운사람들

차례

나노월드와 전통인간 구역

2100년.

흩어졌던 세계는 하나가 되었다. 사람들은 서로 무기를 들고 싸우는 것보다 하나로 뭉치는 것이 훨씬 도움이 된다는 사실을 깨달았다. 모든 나라는 무기를 버렸고 더 이상 서로를 미워하지 않았다. 사람들은 이제 전쟁을 무서워하지 않았고 더 안전하고 편리한 세상을 만드는 것에 관심을 기울였다.

지구에는 달콤한 평화가 이어지고 있었다.

사람들은 자신들이 살고 있는 세상을 '나노월드'라고 불렀다.

2200년이 되자, 눈부신 과학 발달로 사람들의 생활은 더욱 안전하고 편안해졌다. 특히 사람들의 모든 생활에 로봇이 함께하는 것이 가장 큰 변화라고 할 수 있었다.

로봇들은 병원이나 소방서에서 사람들의 생명을 구하는 일과 광산이나 공사 현장 등 위험한 작업에서도 사람들을 대신해 주었다. 또한 집에서는 빨래와 요리, 아이와 노인 돌보기 등 사람들 가까이에 늘 로봇이 함께했고 편리한 일상을 만들어 주고 있었다.

로봇은 훌륭한 기계였다. 뭐든지 힘들어하지 않았고 당연히 불평도 없었다. 어느새 나노월드의 사람들은 로봇 없는 세상은 상상할 수도 없게 되었다.

하지만 로봇이 인간에게 꼭 좋은 일만은 아니었다.

아이들은 학교에 가지 않고 교육 로봇과 공부를 했고, 돌보미 로봇과 지내느라 친구도 필요하지 않게 되었다. 이전에는 밟을 흙이 있었지만, 지금은 로봇이 다니느라 길이 온통 아스팔트로 바뀌었다. 이전에는 하늘에 새가 자유롭게 날아다녔지만, 지금은 드론으로 뒤덮였다.

그러자 사람의 자연스러운 모습을 찾아야 한다는 목소리가 여기저기서 높아졌다. 결국 이 의견에 찬성하는 20만 명의 사람들이 나노월드를 벗어나 새로운 땅으로 떠났다. 그곳에서 그들은 높은 빌딩과 풀 한 포기 볼 수 없는 나노월드와 다르게 우거진 숲, 아름느리나무, 갖가지 꽃이 피는 마을을 만들었다. 빈 땅에 나무를 심고 벼와 고구마와 옥수수 농사를 지었고, 통통배를 타고 바다로 나가 물고기를 잡았다. 로봇이 해 주는 요리를 먹는 대신 농작물과 물고기를 직접 요리해 먹었다.

　아이들은 로봇 대신 친구의 손을 잡고 학교에 가고 들판을 뛰어놀았다. 드론을 조종하는 대신 하늘에 종이비행기를 띄웠다.

　나노월드의 사람들은 그들이 사는 곳을 '전통인간 구역'이라고 불렀다.

미래형 로봇 퍼펙투스

"테오야, 이모를 좀 도와주겠니? 이번에 개발한 신형 로봇을……."

이모는 나노월드 '중앙 로봇 연구소'에서 로봇을 개발하는 일을 한다. 중앙 로봇 연구소는 최첨단 로봇을 만드는 곳으로 나노월드에서 가장 뛰어난 기술을 가진 곳이다. 이모는 그 연구소의 소장으로 로봇 연구에 권위자이다.

"……이 로봇은 말이다. 우리 연구소에서 비밀리에 개발한 8세대 미래형 로봇인데…… 바이오…… 피부는 플러버 합성…… 3D…… 인공지능…… 스스로…… 감정을 입력하는…….”

이모는 무언가를 부탁할 때는 설명이 길어진다. 대개 그 부탁들은 이모에게는 쉽고 간단하지만 나에게는 귀찮은 일이 대부분이었다. 그래서 심드렁한 얼굴로 잠깐 딴생각을 하고 있는데 '감정을 입력하는'이라는 말이 귀에 쏙 들어왔다.

“이모, 잠깐만요. 감정을 입력한다고요?”

“테오, 너 내가 하는 말을 듣지 않았구나. 그러니까…….”

“이모, 간단하게 설명해 주세요. 여기서 연구 발표를 하실 필요는 없잖아요.”

나는 퉁명스레 이모의 말을 막았다.

“음, 음, 에…… 그러니까. 앞에서도 말했다시피 이번에 개발한 로봇은 인간의 감정을 가진 로봇이란다.”

“인간의 감정을 가진 로봇이요?”

“그래, 청소 로봇이나 소방관 로봇처럼 행동 매뉴얼을 입력해 작동시키는 것이 아니야. 인간의 슬픔, 기쁨, 외

로움 등 인간과 똑같은 감정을 가진 로봇이지.”

“우와~ 이모!”

나는 눈을 휘둥그레 뜨고 이모에게 엄지손가락을 올려 보여 주었다.

“하하하, 그래서 말이다. 테오, 이 로봇을 너에게 부탁해도 되겠니?”

내 칭찬에 어깨를 으쓱이던 이모가 진지하게 물었다.

“네, 도울래요. 저도 그 로봇이 너무 궁금해요. 그런데 제가 할 일이 뭐죠?”

“우리 연구소에서 이 로봇을 테스트하다 곤란한 점을 발견했단다. 아, 로봇의 이름은 ‘퍼펙투스1’이란다. 퍼펙투스, 멋진 이름이지? 내가 지었단다. 그 뜻은…….”

“이모! 제발!”

나는 다시 참지 못하고 큰소리를 질렀다. 이모는 최고의 로봇 연구자지만 잘난 척 대장이기도 하다.

“흠흠, 미안. 테스트 결과 퍼펙투스는 입력된 지식만으로 판단하는 그냥 좀 더 똑똑한 로봇일 뿐이었단다. 그래서야 인간의 감정을 완전하게 아는 로봇이라고 할 수 없지. 그래서 우리는 퍼펙투스를 아이들과 함께 두기로 했다. 아이들과 함께 생활하면서 감정을 배우도록 말이다. 너는 나노월드 로봇경진대회에서 월드 챔피언이 되었잖니? 또 로봇 프로그래밍 실력도 뛰어나니 이 일에 제격이라고 생각했어. 잘 부탁한다, 테오!"

나는 환하게 웃으며 열심히 고개를 끄덕였다.

야호!

난, 네 친구가 아냐!

"화재 발생! 화재 발생! 화재 발생!"

문이 열리면서 딱딱하고 건조한 목소리가 들렸다. 경비 로봇의 가슴에 장착된 모니터에 실시간 상황이 비춰지고 있었다.

"또, 거기야?"

나는 연기가 모락모락 피어오르는 화면을 들여다보며 짜증 섞인 목소리를 냈다.

"이번엔 무슨 말썽을 부렸을까?"

"화재 발생! 화재 발생!"

경비 로봇은 쉴 새 없이 목을 회전시키면서 똑같은 말

만 내뱉었다.

전통인간 구역은 내가 살고 있는 나노월드 D지역과 이웃해 있다. 전통인간 구역에 문제가 생기면 D지역은 즉각 나노월드 중앙 타워에 보고해야 한다. 이를 위해서 D지역은 전통인간 구역을 관찰할 목적으로 감독관과 과학자로 이루어진 팀을 만들었다. 이들은 중앙 타워의 상황실에 근무하면서 전통인간 구역에 대한 그날의 보고서를 작성했다.

전통인간 구역 아이들에 관한 보고서는 아이들이 직접 맡아서 하는 것이 좋을 것 같다는 의견이 나와서 이 팀에서 매해 어린이 팀원을 지원받았는데, 이 일을 잘 해내면 최신 로봇을 선물 받는다.

올해는 많은 지원자 중에 로봇경진대회에서 1등을 한 내가 뽑혔다. 내가 맡은 임무는 전통인간 구역의 아이들을 관찰하고 그들이 일으키는 사건 사고를 보고하고 해결하는 일이었다.

　내가 전통인간 구역의 입구에 설치된 홍채 인식기에
눈을 갖다 대자, 투명한 보호막이 좌우로 나비처럼 열리
며 나의 신분을 확인했다.

　화재가 발생한 북동쪽 방향에서 새까만 연기가 모락
모락 피어오르고 있었다. 화재 발생 경고를 받고 경비 로
봇이 열 대나 출동했다. 나도 서둘러 연기가 나는 곳으로
이동해야 했다. 여기서는 나노월드와는 달리 스카이 드
론의 사용이 금지되어 있다.

스카이 드론은 가까운 거리를 편리하게 이동할 수 있는 하늘을 나는 일인용 자동차다. 전통인간 구역에서는 이 스카이 드론 대신 자전거라는 오래된 동력 장치를 이동수단으로 사용하고 있다. 자전거는 한심하게도 두 발로 페달을 힘차게 밟아야 움직인다. 심지어 땅 위에서밖에 탈 수 없다.

'짜증 나! 한참 새로운 로봇을 연구할 참이었는데……오늘은 글렀군.'

나는 잔뜩 찌푸린 표정으로 입구 가까운 곳에 비치된 자전거들을 쳐다보았다. 그 위에는 '전통인간 구역을 자전거로 체험하세요'라는 안내문이 걸려 있었다.

하지만 자전거를 탈 줄 모르는 나는 뛰어야 했다.

논두렁을 통과하면서 나는 신발에 묻은 진흙을 세 번이나 털어 내야 했다. 전통인간 구역 사람들은 땅에 비료를 뿌리고, 직접 농사지은 작물을 요리해서 먹는다. 하지만 나노월드에서는 식품 실험실에서 재배된 재료로 요리 로봇이 음식을 만들어 준다. 정확한 칼로리를 계산해 주고, 어떤 음식을 얼마나 먹어야 할지도 정해 준다. 그마저도 귀찮아지면 철분, 단백질 같은 다양한 영양소가 들어 있는 캡슐 하나만 먹으면 된다.

화재가 발생한 곳은 마을 광장에서 오른편으로 돌아가면 숲으로 이어지는 공터였다. 모닥불이 타오르고 있었고, 내 또래처럼 보이는 세 명의 아이들이 그 둘레에 쭈그리고 앉아 있었다.

나는 손목에 찬 기계에 대고 "녹음 시작!"이라고 짧게 말한 후 둘러앉은 아이들에게 말을 걸었다. 지금부터 상대와 나누는 대화는 빠짐없이 나노월드 중앙 타워의 컴퓨터에 자동으로 전송된다.

"나노월드 상황실에서 나왔어. 나는 D구역에 사는 테오라고 해. 화재 발생 경보가 울려서 출동했어. 지금 무슨 일이 생긴 거지?"

"네가 누군지 알고 있어."

그중 한 남자아이가 말했다.

'묻는 말에 대답이나 하지.'

알든 모르든, 녹음을 할 때는 자신의 소속을 먼저 밝혀야 하는 규칙이 있다.

"냇가에서 잡은 생선을 구워 먹고 있었어."

이번에는 여자아이가 말했다.

'한심하긴. 새까만 그을음을 잔뜩 묻힌 생선을 과연 먹을 수나 있을지.'

나노월드에서는 오븐을 장착한 요리 로봇이 있어 간단하다. 마이크로파를 쏘면 냄새도 안 나고, 알맞게 잘 익는다. 하지만 전통인간 구역 사람들은 나무를 그러모아 모닥불을 피우고, 그 위에 생선을 올려놓고 익을 때까지 무작정 기다린다. 바람에 연기가 날리면 눈물 콧물깨나 쏟아 내면서도 뭐가 재밌는지 웃기까지 한다.

"너희들 이름과 나이를 말해 줘."

나는 주머니에 꽂아 둔 휴대용 모니터를 꺼
냈다. 모니터는 아주 얇아서 평소에는 접어 넣
었다가 필요할 때만 종이처럼 펼쳐서 사
용한다.

"데이터에는 네가 열세 살이라고
되어 있는데?"

나는 자신을 열두 살이라고 말한 여자아이의 데이터를 살펴본 후 물었다.

"생일이 아직 안 지났거든."

같이 있던 아이들이 우하하 웃는다. 뭐가 재미있는지 나는 슬쩍 짜증이 올라왔다.

"모두 여기를 쳐다봐!"

나는 화난 목소리로 말하며 모니터를 아이들의 얼굴 쪽으로 들이댔다. 화재 발생 신고를 받고 출동했으니 범인들의 증거 사진을 남겨야 했다. 나는 '범인'이라는 말이 지금 상황에서는 아주 맘에 들었다.

"너도 한번 먹어 볼래?"

여자아이가 나무 꼬챙이에 끼워진 생선을 내 얼굴에 불쑥 내미는 바람에 나도 모르게 움찔하며 뒤로 물러섰다. 그 모습에 아이들이 다시 까르르 웃었다. 얼굴이 약간 붉어진 나는 서둘러 아이들을 뒤로하고 돌아섰다.

"또 놀러와!"

차미라는 여자아이가 웃으면서 말했다.

"나는 네 친구가 아냐!"

나는 딱딱하게 말했다.

그저 주어진 책임을 완수하러 왔을 뿐이니까.

감정을 입혀 봐 프로젝트

　나노월드로 돌아온 나는 무엇보다 퍼펙투스의 프로그래밍이 잘 됐는지, 몹시 궁금했다. 방에 들어가면서 진흙투성이 신발을 얼른 벗어 청소 로봇의 팔에 올려놓았다.

　"살베!(환영해!)"

　방에 들어가자마자, 퍼펙투스가 라틴어로 인사해 주었다. 프로그래밍한 대로 톡톡 튀는 여자아이 목소리다. 컴퓨터 화면에는 '지금은 충전 중'이라는 알림창이 깜빡거리고 있었다.

　"앞으로 우리 친구로 잘 지내자. 시시한 전통인간 구역 아이들보다는 퍼펙투스, 네가 훨씬 맘에 들어."

24

"전통인간 구역? 내 데이터에는 아직 입력되지 않았는
데……."

퍼펙투스는 곧장 인터넷을 연결해 관련 자료를 찾기
시작했다. 파란 눈동자를 좌우로 굴리는 게 여간 예쁘지
않다. 나노월드의 로봇은 따로 교육을 하지 않아도 인터
넷에 접속할 때마다 매번 똑똑해진다.

"화재 경보, 모닥불, 생선구이…… 근데 자기 나이도
모르는 차미라는 여자아이도 있네?"

1분도 채 되지 않아 오늘 일어난 일을 확인한 퍼펙투
스가 물었다.

"전통인간 구역 아이들은 너만큼 똑똑하지 않거든."

나는 친절하게 퍼펙투스에게 설명했다.

"내 나이는 이제 3시간 25분 13초가 흘렀어."

퍼펙투스가 고개를 갸웃거리자 녹색 머리칼이 목 뒤로
물결처럼 흘러내렸다.

"시간이 흘러도 성장하지 못하는 인간도 있어."

"물고기처럼?"

"아니, 물고기처럼 헤엄도 능숙하지 못한 게 탈이지.
그나저나 너 녹색 머리칼 참 예쁘네."

"오, 베니그네!"

"내가 아는 언어로 바꿔 줄래?"

"라틴어로 고맙다는 뜻이야!"

나는 퍼펙투스의 데이터에서 라틴어만큼은 빼는 게 좋겠다고 생각했다.

진짜 친구가 필요해

나노월드의 아이들은 각종 로봇들과 함께 지낸다. 전통인간 구역 아이들처럼 끼리끼리 어울려서 놀지 않는다. 나도 어릴 때부터 로봇에 둘러싸여 성장했다. 이유식은 요리 로봇이 만들어 주었고, 바깥에서 노는 대신 집에서 컴퓨터로 가상 게임을 했다.

네 살 때부터는 교육 로봇과 함께 지내는 시간이 많았다. 일곱 살이 되었을 때, 친구를 갖고 싶다고 말하자 엄마는 아바타를 하나 사 주셨다. 아바타는 인터넷에서 키우는 가상 캐릭터로, 나는 아바타에게 말과 게임을 가르쳤고 드론을 날리는 법도 가르쳐 주었다.

인터넷에는 가상 놀이터가 있어서 아바타들은 놀이기구를 타고, 모래성 쌓는 놀이를 했다. 자전거도 타고 축구도 했다. 아이들은 자신의 아바타를 데려와 서로 인사도 시켜 주고 함께 놀게 했다. 처음에는 악수를 나누지만, 친해지면 아바타끼리 포옹도 했다.

나노월드에는 전통인간 구역 아이들처럼 한곳에 모여서 선생님에게 배우는 학교라는 곳이 없다. 모든 교육 프로그램은 인터넷이나 교육 로봇을 통해 이루어졌다.

나는 열 살부터 프로그래밍을 배우기 시작했다. 로봇 프로그래밍 대회에서 두 번 연속 우승을 거머쥘 만큼 신력도 뛰어나다. 작년에는 나노월드 로봇 경진 대회에서 월드 챔피언이 되었다.

"이모가 주신 이 로봇을 가지고 대회에 나간다면 다시 챔피언이 될 수 있겠는걸? 하지만 비밀 프로젝트라니 아쉽군. 〈감정을 입혀 봐〉 폴더 실행!"

컴퓨터에 음성 명령을 내리자 화면에 퍼펙투스의 3D 입체 영상이 펼쳐졌다.

나는 로봇과 진짜 친구가 되고 싶었다.

인간 친구는 로봇 프로그래밍 대회에서 우승하면 "축하해!"라고 말하며 옆에서 얼싸안고 손뼉을 힘껏 쳐주고, 우주 지도를 펼쳐 놓고 "드디어 지구 탐사선이 제2의 태양을 발견했대!"라고 말하며 하이파이브로 벅찬 감동을 함께 나눌 수 있고, 바다 위로 지는 저녁놀을 바라보며 "너무 아름답다!"라고 이야기할 수 있다. 하지만 서로 의견이 다를 때는 양보를 해야 하고 내가 필요할 때 늘 함께할 수도 없고 막상 내가 놀기 싫을 때나 하기 싫은 일도 같이 해야 할 때가 있다. 인간 친구는 좋을 때도 있지만 싫을 때가 더 많고 가끔 다툼이 일어나면 서로 상처를 주기도 한다.

반면 로봇들은 내 맘대로 조종할 수는 있지만 늘 프로그래밍된 말밖에 할 줄 몰랐다. 한 마디로 인간 친구들의 느낌이 로봇에는 없었다. 이모의 설명처럼 로봇은 감정이 없기 때문이다.

이모는 로봇을 진짜 친구로 만들려면, 로봇이 인간의

감정을 가져야 한다고 말했다. 그러니 이 실험이 성공하면 나는 진짜 친구를 가지게 될 것이다.

"넌 앞으로 인간의 감정을 학습해야 해."

나는 퍼펙투스에게 앞으로 해야 할 임무를 말했다. 그 말을 듣고 퍼펙투스는 자동으로 인터넷에 접속했다.

이모는 인간의 표정이 담긴 3만 가지의 사진을 퍼펙투스의 인공 뇌에 입력했다고 알려 주었다.

나는 퍼펙투스의 얼굴을 가만히 쓰다듬어 봤다. 인공 피부인 플러버는 감촉이 좋고 매끄럽다. 녹색 머리카락도 햇살에서 꺼낸 구슬처럼 반짝거린다.

"인간의 감정? 감정은 데이터가 불안하다. 나는 세계 최고의 로봇, 정확하지 않은 데이터는 접수하지 않는다!"

잘난 체하는 표정이 왠지 이모의 표정을 닮아 있다.

'흥.'

"내일부터 너는 바깥으로 나가서 인간의 감정을 경험해 보는 거야."

내가 퍼펙투스를 바라보며 말했다.

"경험? 그건 인터넷 가상 세계에서 얼마든지 할 수 있다."

"하지만 진흙탕에 빠졌을 때, 얼굴을 저절로 찡그리고 짜증내는 건 못하잖아?"

퍼펙투스는 내 말이 무슨 뜻인지 생각하는 것 같았다. 생각할 때는 약간 심각한 표정이 되어야 하는데, 퍼펙투스는 그냥 웃고 있었다.

'역시, 바깥세상의 경험이 필요해. 그리고 로봇처럼 딱딱하게 말하는 걸 바꿔야겠군.'

나는 여전히 웃고 있는 퍼펙투스를 보며 생각했다.

감정 입히기 훈련

다음 날, 나는 퍼펙투스를 데리고 전통인간 구역으로 갔다.

나노월드에서는 아이들이 함께 모여 놀지 않는다. 수영을 하고 싶거나 롤러스케이트를 타고 싶으면 놀이 로봇과 함께 가상 공간에서 놀면 된다. 그러니 퍼펙투스가 인간의 감정을 경험하려면 전통인간 구역의 아이들을 만나게 하는 것이 안성맞춤이었다. 그곳은 여기저기에 놀이터가 있고 아이들이 시도 때도 없이 모여서 놀기 때문이다.

퍼펙투스의 감정 수준은 인간으로 따지면 아직 세 살에 지나지 않는다고 이모가 말했다.

'인간들과 많이 접촉할수록 퍼펙투스의 감정도 인간과 똑같아질 거야.'

"또 왔네? 놀러왔어?"

모닥불 사건 때 만났던 차미가 나를 보고 다가오며 말했다.

"로봇 훈련 중이야."

나는 차미에게 목적을 분명하게 말했다. 놀러 온 게 아니다. 놀러 올 까닭도 없고.

"꼬맹이, 너 몇 살이니?"

차미가 퍼펙투스를 내려다보며 물었다.

"안녕! 난 퍼펙투스야. 난 작동한지 275일째 되었어. 그런데 꼬맹이는 몇 센티미터를 말하는 거니?"

퍼펙투스의 키는 딱 1미터다. 로봇은 더 이상 크면 둔해서 재빨리 움직이지 못하기 때문이다.

"퍼펙투스는 머지않아 인간의 감정을 갖게 될 거야."

　나는 우쭐대며 말했다.

　"감정? 감정은 그때마다 다른데 어떻게 가진다는 거야?"

　차미가 의아한 표정을 지었다.

　"인간의 모든 감정을 입력시켜 놓았으니까 가능해."

　"우와~ 굉장하네!"

　차미가 감탄했다.

"꼬맹이! 이리 와서 같이 놀자!"

조금 떨어진 놀이터의 정글짐에서 놀던 아이들이 퍼펙투스를 향해 소리쳤다.

"테오, 퍼펙투스라는 내 이름이 어렵나 봐?"

퍼펙투스가 나를 보고 얼굴을 약간 찡그리며 말했다. 찡그리는 걸 보니 인간의 감정과 자신이 한 말을 일치시키는 중인 것 같았다.

"전통인간 구역의 아이들은 복잡한 걸 싫어하니까. 그래서 여기 모여 사는 거야."

나는 퍼펙투스에게 귓속말로 말했다.

감정은 어려워

퍼펙투스는 그네를 탔다. 처음에는 그네 위에 가만히 앉아 있었다. 아이들이 "이렇게 해 봐"라며 가르쳐 주었지만, 쉽지가 않았다. 양손으로 줄을 잡고 조금씩 이리저리 움직였지만 균형을 잡지 못해 앞뒤로 가지 못하고 왼쪽, 오른쪽으로 마구 흔들렸다. 하지만 퍼펙투스의 학습 능력은 뛰어났다. 곧 그네타기의 원리를 깨우친 퍼펙투스는 점점 더 멀리, 높이 그네를 타게 되었다.

"와!"

아이들이 탄성을 질렀다.

퍼펙투스의 그네가 앞에 우뚝 솟아 있는 참나무 꼭대

기까지 솟구쳤고 그 광경을 바라보는 나는 기분이 무척 좋았다.

"진짜 잘했어!"

그네 타기를 마친 퍼펙투스가 내 곁으로 왔을 때 나는 퍼펙투스의 녹색 머리칼을 몇 번이나 쓰다듬어 주며 칭찬을 아끼지 않았다.

"꼬맹이! 이리 와서 달리기 시합하자!"

차미가 저 앞에서 소리질렀다.

"아직도 내 이름을 기억 못 하다니…… 벌써 47분 25초나 흘렀는데."

퍼펙투스가 답답하다는 듯 말했다. 퍼펙투스의 능력이라면 그 시간에 세상의 모든 백과사전을 만 번쯤 통째로 외울 수 있는 시간이기에 차미를 이해하기는 힘들 것이다.

"네가 참아."

"참는다? 음, 내 데이터에 참는다는 '억누른다' '견딘다'로 나오는데 나는 차미를 누르지 않을 거야."

"휴, 퍼펙투스. 참는다는 건 말이지, 감정이야, 감정. 일단 집에 가서 얘기하자."

나는 아차, 싶었다.

집에 돌아가면 참는다는 감정을 입력시켜야겠다.

달리기 시합은 그네 타기와는 달랐다. 아직 로봇은 인간만큼 빨리 달리지 못한다. 하지만 퍼펙투스는 계속 출발점으로 돌아와 쉬지 않고 달리기를 했다. 숨차거나 힘든 것을 모르기 때문에 가능한 일이지만.

"아야!"

달리기 시합을 하던 중, 한 남자아이가 넘어졌다. 퍼펙투스는 얼른 달려가 남자아이를 일으켜 주었다. 지켜보던 나는 퍼펙투스에게 잘했다고, 칭찬해 주었다. 어려움에 처한 사람을 도와주는 것은 퍼펙투스가 알아야 할 인간의 감정이니까.

문제는 그다음부터였다.

"왜 그래! 아야! 아파! 그만해!"

아이들이 차례로 비명을 질러댔다.

나는 깜짝 놀라 아이들이 달리기 시합하는 곳으로 뛰어갔다. 퍼펙투스가 아이들의 달리기를 방해하고 있었다. 한 명씩 움직이지 못하게 팔을 당기거나 앞을 막고 있었다.

"무슨 짓이야!"

나는 당황해 크게 소리쳤다.

"테오, 달리기는 위험해! 넘어지면 다쳐, 위험한 행동은 막아야 해."

퍼펙투스가 말했다.

"퍼펙투스, 달리기는 위험하지 않아. 이건 놀이야. 놀이를 하다 보면 넘어질 수도 있어. 그리고 넘어진 친구를 일으켜 주고 다시 뛸 수 있게 응원해 주는 거야."

차미가 설명했지만 퍼펙투스는 이해하지 못한 것 같았다.

"아니야, 나는 인간을 지켜 줘야 해. 그들이 위험하지 않게 보호해야 해."

"퍼펙투스, 아기들이 처음 걸음을 배울 때 매번 넘어지지? 그렇지만 엄마는 손뼉을 치면서 넘어져도 괜찮다고, 일어나서 다시 걸어 보라고 하잖아. 그건 아기가 넘어져서 다치기를 바라는 게 아니라 아기에게 스스로 걷는 법을 알려 주기 위한 거야. 무조건 보호하는 건 사랑이 아니야."

차미가 차근차근 설명했다.

"하지만 내 데이터에 보면 엄마들은 뭐든 못하게 하던데? 뛰지 마라, 먹지 마라, 온통 하지 말라고 하던데?"

"퍼펙투스, 그건 걱정하는 거야."

"걱정?"

"그래, 걱정. 엄마는 위험하거나 다른 사람에게 피해를 주거나 내가 감당할 수 없는 일을 하려고 할 때 나를 말려. 물론 말도 안 되는 이유일 때도 있지만. 그럴 땐 빡빡우기면 간혹 들어주시기도 해."

나는 차미의 말을 듣고 얼마 전 실험 로켓을 시험운전해 보겠다고 했을 때 잔소리를 하던 엄마 얼굴이 생각났다.

"집으로 돌아가자. 얼른!"

나는 퍼펙투스의 손을 세게 잡아끌었다.

퍼펙투스의 감정은 아직 학습할 게 너무 많아 보였다.

나노월드 아이들과
전통인간 구역 아이들

"여러분, 환영합니다!"

나는 택시 드론에서 내린 아이들에게 큰 소리로 외쳤다. 옆에서는 퍼펙투스가 두 손을 위로 뻗어 열심히 흔들고 있었다. 물론 기분 좋은 미소도 같이 짓고 있었다.

오늘은 나노월드의 어린이들이 전통인간 구역을 견학하는 날이다. 전통인간 구역에서는 정기적으로 나노월드의 아이들을 초청해서 마을을 견학시키는 프로그램을 운영하고 있다. 원래는 전통인간 구역에 사는 전문 가이드가 견학을 시켜 주지만, 급한 사정이 생기는 바람에 오늘은 임시로 내가 가이드 역할을 맡게 되었다.

모두 내 또래의 아이들로 열 명이 견학을 왔다. 아이들
은 신기한 나라에 온 것처럼 주위를 둘러보느라 바빴다.
날씨는 화창했고, 어디선가 향기로운 꽃내음이 바람에
실려 왔다.

"전통인간 구역은 아주 오래전 우리 선조의 생활 방식
을 지금까지 지키며 살고 있는 사람들입니다."

나는 모두의 앞에서 설명을 시작했다.

"지금부터 두 시간 동안은 걸어서 전통인간 구역을 견학할 거예요."

나는 체온을 전기 에너지로 바꿔서 작동하는 체온 시계를 보며 말했다.

전통인간 구역의 논에는 이번에 심은 벼들이 한창 자라고 있었다.

"푸른 식물이 자라고 있네!"

"왜 사람들이 일을 하고 있지? 로봇을 시키면 될 텐데."

벼를 심은 논에 물을 대거나 잡초를 뽑는 사람들을 바라보며 아이들이 한마디씩 했다.

"전통인간 구역의 사람들은 쌀을 주식으로 먹어요. 그 쌀은 지금 여러분이 보고 있는 벼에서 자라지요."

나도 어릴 때 쌀밥을 먹어본 적이 없다. 나노월드에는 인구가 너무 많아서 전통적인 방법으로 재배하는 식량이 모자라 옛날 사람처럼 쌀로 밥을 지어 먹지 못했다. 그래서 나노월드에 사는 사람들은 유전자 재배로 만들어진 인공 식량에 의지하고 있다.

전통인간 구역에서 처음으로 달면서도 고소한 맛이 나는 쌀로 만든 밥을 먹었을 때가 생각이 났다.

'자연이 만들어 준 맛이란다.'

직접 밥을 지어 주신 농부 아저씨가 한 말이었지만 나

는 이해가 되지 않았다.

자연은 변덕이 심하다. 수학적으로 계산을 잘하는 로봇이 훨씬 낫다. 하지만 로봇이 달면서도 고소한 쌀을 만들어냈다는 데이터는 아직 없다.

"미끄러워…… 달라붙어…… 간지럽고…… 더러워……."

어느새 논에 들어간 퍼펙투스가 발에 닿는 감촉을 어떻게 표현해야 좋을지 고민하고 있었다.

"더럽게 끈적거려!"

마침내 퍼펙투스가 알맞은 표현을 찾아냈다.

"더럽다는 말은 빼는 게 좋아."

내가 살짝 일러 주었다.

이기고 지는 게 없는 시합

전통인간 구역은 울창한 숲이 많다. 숲 사이로는 은빛 강이 흐른다.

견학을 마친 나노월드의 아이들은 강이 보이는 숲속 언덕에서 쌀밥과 나물로 점심 식사를 했다. 점심을 마친 후에, 전통인간 구역 아이들과 나노월드 아이들의 축구 시합이 벌어졌다.

나노월드의 아이들은 가상 게임에는 익숙하지만, 공을 직접 발로 차는 경기는 처음이었다. 그런 이유 때문인지 전반전 15분 경기에서 전통인간 구역의 아이들이 5대 0

으로 앞섰다.

나노월드의 아이들은 한 번도 여러 명이 모여 실제 경기를 뛰어 본 적이 없어 팀워크가 엉망이었다. 패스와 수비에서 실수가 계속 이어졌고 아이들은 점점 흥미를 잃어 갔다. 당연히 후반전에서도 나노월드의 아이들은 단 한 골도 넣지 못했다.

"에이 짜증 나! 난 가상 게임에서 늘 1등이었단 말이야."

한 아이가 바지의 먼지를 털며 투덜거렸다.

"야, 너 때문이잖아. 내가 준 공을 제대로 패스 못 해서 너 때문에 졌잖아."

화를 내는 아이도 있었다.

가상 게임은 이겨야만 기분이 좋다. 그리고 게임은 이기기 위해 한다. 나는 축구 게임에서는 졌지만 기분이 나쁜 것만은 아니었다.

땀을 흘리고 넘어지고 뒹굴고,

혼자만 잘해서는 이길 수 없는 게임…….

모두가 협력해야 한다는 것이 꼭 귀찮은 일만은 아니
라는 생각도 들었다.

우울해하는 나노월드 아이들을 보고 전통인간 구역 아
이들이 말했다.

"한 게임 더?"

축구 게임이 다시 시작되었다.

결국 이기지는 못했지만 두 번째 경기에서 나노월드 아이들은 처음과는 조금 달랐다. 자기 자신만 골을 넣기 위해 애쓰지 않고 팀이 이기기 위해 기꺼이 패스했고 내가 아닌 다른 팀원을 더 살피게 되었다. 혼자 하는 경기가 아닌 서로 도와야 이길 수 있는 단체 경기라는 걸 깨달았다.

그렇게 나노월드의 아이들이 한 골을 넣었다.

우리는 얼싸안고 환호성을 질렀다. 그 기쁨은 이루 말할 수 없었다. 내가 넣지 않아도 내가 넣은 것보다 더한 기쁨을 누릴 수 있었다. 그것을 보고 있던 전통인간 구역 아이들도 함께 기뻐해 주었다.

니는 전통인간 구역 아이들이 어쩌면 우리가 한 골 정도 넣게 배려해 주었을지도 모른다는 생각을 했지만 아무래도 상관없었다.

가상 게임의 축구와 우리가 직접 뛰는 축구는 완전히 다른 것이었다. 경기를 마치고 우리 모두는 바닥에 누워 하늘을 올려다봤다.

시원한 바람이 땀을 식혀 주었다.

나는 마음이 무언가로 부풀어 오르는 것 같았다.

그때 퍼펙투스가 다가왔다.

"테오, 경기에 져서 화가 나지? 축구경기에서 이기기 위해서는 말이야……."

"퍼펙투스, 괜찮아."

퍼펙투스는 고개를 갸웃거렸다. 우리 모두는 퍼펙투스

를 보고 깔깔거리고 웃었다.

나는 지고도 웃을 수 있는 것, 그게 아마 전통인간 구역 사람들이 불편하지만 이 마을을 지키는 이유일지도 모른다는 생각을 했다.

퍼펙투스의 활약

퍼펙투스는 학습을 거듭하면서 조금씩 인간의 감정에 익숙해졌다. 이제는 나와 가상 게임을 해서 이기면, 손뼉을 치며 기뻐할 줄 안다. 아직도 인간의 감정이 서툴다고 내가 한마디 쏘아붙이면 시무룩해 할 줄도 안다.

오늘 아침에는 심각한 문제가 생겼다.

전통인간 구역에 문제가 발생하면 즉각 경비 로봇으로부터 연락이 온다. 나와 퍼펙투스는 경비 로봇의 연락을 받고 급히 전통인간 구역으로 달려갔다.

"배가 아파!"

"흑흑! 배가 너무 아파."

나는 배가 아프다며 아우성치는 아이들과 그들을 둘러싸고 있는 아이들에게 물었다.

"무슨 일이야?"

"몰라, 이 아이들이 숲에서 놀다 와서는 배가 아프다며 울고 있었어."

한 아이가 말했다.

"퍼펙투스, 먼저 물부터 조사해 봐!"

퍼펙투스는 분자분석기에 전통인간 구역 아이들이 마신 식수를 넣고 분석을 시작했다.

"테오, 물에는 어떤 이상 물질도 없어. 아주 깨끗한 분자 구조를 가지고 있어."

"그래? 이상하네."

내가 고민하는 사이 퍼펙투스가 말했다.

"테오, 정찰 드론을 띄워서 사방을 검색해 볼게. 혹시 오염된 물질이 있을 수도 있으니까."

"와~"

아이들은 퍼펙투스가 쏘아 올린 드론을 보며 신기한 듯 소리쳤다.

"테오, 정찰 드론이 보내온 결과로는 어떤 오염 물질도 발견하지 못했어."

그때 배가 아프다고 호소하던 아이 중 하나가 산에서 열매를 따 먹었다고 말했다.

"혹시 독이 있는 열매를 먹은 게 아닐까? 그럼 큰일이잖아."

당황한 나는 소리쳤다. 그러자 퍼펙투스가 아픈 아이들의 몸을 레이저로 살펴보기 시작했다.

"테오, 이 아이들은 소화기 장애를 일으키고 있어."

"소화기 장애?"

"어, 소화기관에 과부하가 걸린 거야."

"뭐?"

나는 황당해서 다시 소리쳤다.

아이들이 산에서 함부로 따먹은 열매가 원인이긴 하지만 직접적인 원인은 한꺼번에 너무 많이 먹은 탓이었다.

나는 한심한 생각이 들었다. 나노월드에서는 있을 수 없는 일이다.

"일단 배탈을 멈추는 치료를 시작하겠어."

퍼펙투스는 손에서 나오는 치료 레이저로 아픈 아이들의 배를 어루만져 주었다. 다행히 아이들은 금방 좋아졌다.

"휴, 그래도 독이 아니라 다행이다."

나는 놀란 가슴을 겨우 진정시킬 수 있었다.

"와 신기하다. 이렇게 조그만 아이가 비행기를 날리고 병도 고쳐 주잖아."

"맞아, 아까 반짝이는 이상한 빛이 나오는 거 봤지?"

아이들은 퍼펙투스를 둘러싸고 신기한 듯 입을 모아 말했다.

"대단해!"

"멋있어!"

"나도 이제 배가 아프지 않아. 고마워, 퍼펙투스!"

퍼펙투스는 순식간에 전통인간 구역 아이들의 영웅이

되었다.

하지만 퍼펙투스는 아이들의 칭찬에도 '이 정도쯤이
야'라는 듯 아무 말도 없이 서 있었다.

'쳇, 거만하기는.'

나는 속으로 툴툴거렸다.

물고기 아저씨

바쁘게 돌아다녔으니 한숨 돌리기 위해 나는 바닷가에
갔다.

내가 전통인간 구역에서 제일 좋아하는 장소는 바다
였다. 갈매기가 하늘 높이 솟아오르는 것을 보고, 파도가
새하얀 물거품을 일으키며 철썩거리는 소리를 들으면
왠지 마음이 편했다.

파래가 낀 바위들이 울뚝불뚝 박힌 곳에서는 얼마 전
에 인사를 나눈 아저씨가 낚시를 하고 있었다.

아저씨는 낚싯대를 드리우고 몇 시간씩 고기가 잡히기
만 기다린다. 내가 보기엔 노력에 비해 너무 성과가 없어

보였다. 건져 봤자 보상은 겨우 물고기 한 마리가 다였다. 기껏 잡은 물고기를 그나마 놔줄 때도 있었다.

"힘들게 잡은 물고기를 왜 놓아주나요?"

한참을 곁에서 지켜보던 나는 답답한 마음에 아저씨에게 말을 걸었다.

"그건 너무 어린 물고기라서 그렇단다."

아저씨가 말했다.

"하지만 아저씨는 물고기를 잡기 위해 낚시를 하시잖아요."

아저씨의 대답은 나를 점점 더 답답하게 만들었다.

"작은 물고기를 마구 잡아 버리면 결국 바다에는 물고기들이 한 마리도 남지 않겠지. 그건 결코 인간에게도 좋은 일은 아니지."

"물고기를 놓아주는 것과 그게 무슨 상관이죠?"

"사람과 자연은 서로 떨어뜨려 놓아서는 안 된단다. 우리는 하나인 거지. 자연이 힘들어지면 결국 사람도 힘들어지거든. 물고기가 없는 바다를 상상해 보렴. 물고기가 없다는 건 바다가 건강하지 않다는 이야기이고, 바다가 건강하지 않다는 건 사람들에게도 좋지 않을 일이지 않겠니?"

"하지만 물고기도 아저씨의 마음을 알까요?"

내가 물었다.

"내가 소중하게 여기면 상대방도 나를 소중하게 생각하겠지. 그게 나의 믿음이란다."

"믿음이란 감정은 뭐죠?"

가만히 듣고 있던 퍼펙투스가 말했다. 그러고 보니 인간의 감정에는 '믿음'도 있다.

"물고기는 아이큐가 10 미만으로 가장 똑똑한 고래의 경우도 70 정도예요. 그리고 물고기는 인간의 말을 모르잖아요. 아저씨의 믿음을 물고기가 어떻게 알겠어요."

퍼펙투스가 말했다.

"믿음은 어떤 일이 일어나기를 바라는 간절한 마음이란다."

아저씨가 대답했다.

"하지만 성공 확률 0퍼센트예요."

퍼펙투스가 소리쳤다.

"그래, 맞아. 하지만 믿음은 성공 확률이 0이었을 때 더욱 강해지지."

아저씨는 진지한 눈빛이 되어 말을 이었다.

"인간은 성공 확률이 0이었던 일들을 100이 되도록 노력하지. 전염병으로 죽어 가는 아이를 살리기 위해 백신을 발명한 사람이나, 하늘을 나는 비행기를 처음 만들었던 사람들도 처음에는 0이었지. 믿음은 어떤 일을 이루기 위한 노력의 처음이란다."

"그건 비과학적이에요."

퍼펙투스가 힘이 빠진 목소리로 말했다.

나는 아저씨가 한 말을 다 이해하지는 못했지만 왠지 아저씨의 믿음이 꼭 이루어지기를 바랐다.

그런데 믿음이라는 감정을 퍼펙투스에게 어떻게 입힐 수 있을까.

가짜 파랑새

　나와 퍼펙투스는 아저씨와 헤어진 후 바닷가 모래사장에 앉아 있었다.

　"또 왔네? 꼬맹이도 안녕?"

　어느새 뒤에 다가온 차미가 말했다.

　"더 이상 꼬맹이라고 부르면 가만 안 둘 거야!"

　퍼펙투스가 모래성을 짓던 손을 멈추고 차미를 노려보며 말했다.

　'와, 노려볼 줄도 알다니.'

　나는 무심한 척했지만 속으로는 무척 기뻤다.

　"가만 안 두는 게 뭔데?"

차미가 놀리듯 말했다.

"네 뇌 속에 있는 데이터를 엉망진창으로 만들어 놓는 것."

하지만…… 퍼펙투스는 아직 로봇의 습성에서 벗어나지 못하고 있었다.

"아까부터 뭘 그렇게 골똘히 생각하고 있어?"

차미가 내 옆에 나란히 앉더니 물었다.

"퍼펙투스한테 감정을 입히는 게 꽤 어려운 것 같아."

"감정을 입혀? 옷처럼?"

"아니, 착 들러붙는 피부처럼 해야 돼."

차미가 황당하다는 듯 나를 봤다. 어차피 전통인간 구역에 사는 차미는 이해하기 어려울 것이다.

"그건 그렇고, 며칠 전에 학교에서 '파랑새 찾아오기'라는 숙제를 내 주었어."

차미가 나를 바라보며 말했다.

"온종일 숲을 돌아다녔지만 아무도 파랑새를 발견할 수 없었어. 모두 빈손으로 돌아왔지. 그런데 한 남자아이

가 파랑새를 가져온 거야. 머리끝에서 발끝까지 온통 파
란색이었어.”

　민을 수 없다는 나의 표정을 확인한 차미는 더 열을 올
렸다.

　“나 참, 진짜라니까. 눈도 파란 것처럼 보였으니까. 그
런데 어떤 아이가 파랑새에게 물을 뿌렸어. 무슨 일이 일

어났는지 아니? 파랑새가 갑자기 노란 새로 변신한 거야. 가짜였거든."

차미는 그때 일이 생각나는지 깔깔대며 웃었다.

"도대체 그 얘기를 왜 하는데?"

"아니, 네가 로봇에게 감정을 입힌다고 히니까……."

갑자기 커진 나의 목소리에 차미는 당황한 듯 중얼거렸다.

"로봇에 감정을 입히는 게 가짜처럼 보인다는 말이야?"

나는 화가 나서 앉은 자리에서 벌떡 일어나 성큼성큼 걸어가며 퍼펙투스를 향해 소리쳤다.

"퍼펙투스! 얼른 따라오지 않고 뭐해!"

애써 지어 놓은 모래성이 파도에 휩쓸려 무너지려는 것을 억지로 잡아 보려던 퍼펙투스가 무슨 일인가 싶어 나를 쳐다봤다.

"왜 나한테 화를 내지? 잘못한 건 파도라고!"

민들레 홀씨

나는 한동안 전통인간 구역에 가지 않았다. 로봇 하나 못 만드는 전통인간 구역의 아이에게 무시 당하기는 싫었기 때문이다.

나는 한동안 〈감정을 입혀 봐〉 프로그래밍에 파묻혀 바쁘게 지냈다. 파란 칠을 한 가짜 새가 아니라, 진짜 파랑새를 만들어야 하기 때문이다.

퍼펙투스는 애매한 감정을 학습하는 데 꽤 애를 먹고 있었다. 희망을 갖거나, 누군가 곁에 있어서 안심이라는 감정을 도무지 이해하기가 어렵다고 투덜댔다.

'로봇이 인간의 감정을 완벽하게 갖는 것은 어쩌면 불

가능한 도전일지도…….'

나는 〈감정을 입혀 봐〉 프로그래밍에 의욕을 갖고 뛰어든 이후, 처음으로 포기하고 싶은 생각이 들었다.

바람도 쐴 겸, 나와 퍼펙투스는 오랜만에 전통인간 구역에 들어갔다.

멀리 수평선을 바라보니 마음이 편안해졌다. 바다는 마음이 넓다. 변함없이 나를 맞아 주는 것 같았다. 그러고 보니 '마음이 넓다'라는 감정도 퍼펙투스에게 학습시켜야 할 것 같다.

"또 왔네!"

누군지는 돌아보지 않아도 알았다. 차미였다.

"잠깐 이리 와 봐!"

나는 그래도 뒤돌아보지 않았다.

"아직 화가 안 풀렸어?"

나는 옹졸하다는 말을 듣고 싶지 않아 마지못해 차미가 있는 쪽으로 고개만 돌렸다.

"그러지 말고, 이거 손에 쥐어 봐."

어느새 다가온 차미가 나에게 노란 꽃을 내밀었다.

"난 꽃은 별로야."

나는 여전히 차갑게 말했다.

"민들레야. 하얗고 솜처럼 부들부들한 게 민들레의 홀씨야. 이걸 한꺼번에 하늘로 날리면 소원이 이루어진대."

"그런 미신은 안 믿어."

나노월드에서 태어나고 자란 나는 과학적인 근거가 없는 것은 믿지 않는다.

"미신은 비과학적이야. 그건 아주 원시 시대 인간들의 행위로……."

차미의 말을 들은 퍼펙투스가 설명을 시작했다.

"뭐라니?"

차미가 황당한 표정으로 퍼펙투스를 바라봤다.

"퍼펙투스, 그만!"

나는 퍼펙투스의 말을 얼른 막았다.

"테오, 마음속으로 소원을 빌고 입으로 휙 불어 홀씨를 날려 보내는 거야. 어서!"

차미가 다시 말했다.

나는 시큰둥해하면서도 민들레 홀씨를 훅 불어 하늘로 날렸다.

"소원 빌었어?"

"응."

"근데 민들레 홀씨가 어떻게 소원을 이루어 준다는 거야?"

나는 조금 누그러진 목소리로 차미에게 물었다. 화가 다 풀린 건 아니었지만 궁금증이 이겼다.

"하늘로 날아가는 민들레 홀씨를 잘 봐. 하얀 천사 같잖아. 천사가 하늘로 소원을 갖고 올라가는 거래."

"너도 소원 빌었어?"

내가 묻자, 차미가 고개를 끄덕인다.

"네가 진짜 인간의 감정이 들어간 로봇을 만드는 걸 보고 싶다고 빌었어."

차미가 나를 또렷이 바라보며 말했다. 퍼펙투스와는

달리 까맣고 윤기 나는 눈동자가 반짝이고 있었다.

"천사는 세상에 없어. 앞으로 35분이 지나면 민들레 홀씨가 서서히 바다로 낙하할 거야."

퍼펙투스가 민들레 홀씨가 날아가는 방향, 바람의 속도를 계산한 결과를 차미에게 알려 주었다.

하지만 나는 그런 계산은 아무래도 좋았다.

그저 가슴이 뭉클했고, 따뜻했다.

'……고마워.'

나는 차마 입 밖으로는 말하지 못하고 속으로만 중얼거렸다.

"감정은 너무 어려워!"

곁에서 가만히 지켜보던 퍼펙투스가 중얼거렸다.

마음을 읽을 수 있는 조약돌

    강물은 햇살을 듬뿍 받아 은비늘처럼 반짝였다. 강가에 자라는 풀은 살살 부는 바람에 흔들려 어깨동무를 하고 있었다.

    '퍼펙투스는 인간의 감정을 완벽하게 갖는 건 힘들지도 몰라.'

    나는 흘러가는 강물을 바라보며 생각에 잠겼다.

    "앗!"

    나는 깜짝 놀라 소리쳤다. 갑자기 옆에서 돌멩이가 날아 강물에 퐁당 하고 빠졌기 때문이다.

    "또 왔네!"

차미가 돌멩이를 손에 가득 쥐고 내 옆으로 다가왔다.

"너도 해 봐!"

차미가 돌멩이를 수면 위로 납작하게 던지자 돌멩이가 물수제비를 뜨면서 다리를 건너듯 통통 튀어 다녔다.

"와! 건너편까지 갔어!"

내가 소리치자 갑자기 멀리서 지켜보던 퍼펙투스가 차미에게 달려들었다.

"무슨 짓이야!"

나는 깜짝 놀라 퍼펙투스를 뒤에서 끌어안아 차미에게서 떨어뜨려 놓았다.

"공격 신호야!"

퍼펙투스가 심각한 표정으로 말했다.

"누가 쳐들어왔어?"

차미도 놀란 눈으로 물었다.

"네가 돌멩이를 던졌고, 테오가 비명을 질렀잖아!"

퍼펙투스는 차미가 나를 공격한다고 판단한 모양이다. 〈감정을 입혀 봐〉 프로그래밍은 아직 넘어야 할 산이 너무 많다.

"너랑 가장 닮은 돌을 찾아봐."

시무룩하게 앉아 있는 나에게 차미가 말했다.

"응?"

"네 마음을 나타내 주는 돌이 있을 거야."

"마음을 나타내 주는 돌?"

퍼펙투스가 차미의 말에 갸우뚱했다.

"그래, 어서!"

차미가 모래밭을 손으로 열심히 뒤적거리며 말했다.

"난, 찾았어!"

차미가 갈색 줄이 세로로 엷게 그어진 타원형 조약돌을 손에 들고 웃으며 말했다. 나는 영문도 모른 채, 모래밭에 박혀 있는 조약돌을 하나씩 살펴봤다.

"있다!"

왠지 모르게 끌리는 조약돌이 얼굴을 살짝 내민 채 모래밭에 숨어 있었다.

"찾았구나!"

차미가 곁으로 다가오며 말했다.

"이제 그건 날 주면 돼."

차미는 내 손에서 조약돌을 얼른 뺏어 갔다.

"그 대신, 내 것을 가져."

이번에는 자기가 가진 조약돌을 나의 손에 쥐어 줬다.

"이러면 멀리 떨어져 있어도 서로의 마음을 알 수 있 대."

"말도 안 돼. 돌멩이로 마음을 주고받는다는 건 있을 수 없어. 정말 과학적이지 않아."

차미의 이야기에 퍼펙투스가 투덜거렸다.

나도 분명히 그렇게 생각했다.

나는 집에 돌아와 조약돌을 가만히 들여다봤다. 신기 하게도 보면 볼수록 거기에 차미의 마음이 느껴졌다.

지금쯤 신나게 놀고 있나 보다…….

엄마한테 꾸중 들은 것 같다…….

아이들과 비행기를 띄우고 있구나……

숲에 놀러 갔다가 깜박 잠이 들었는지도…….

나는 이런 생각을 퍼펙투스에게 입력했다.

"데이터 분석 실패! 입력 오류!"

퍼펙투스의 메인 서버가 입력된 말을 거부했다.

나는 실망으로 맥이 탁 풀려 버렸다. 퍼펙투스에게 아무리 인간의 감정을 입히려고 애써도 조약돌 한 개를 못 따라간다니.

"아, 퍼펙투스! 마음으로 이해해 봐."

나는 답답해서 소리쳤다.

"테오, 나는 마음이 없잖아."

퍼펙투스가 시무룩해져 말했다.

퍼펙투스에게는 '마음'이 없는 것이다. 하지만 마음은 만들어지는 게 아니다. 민들레 홀씨처럼 천사가 깃들어야 한다.

하지만 아무리 최첨단 과학이라도 천사는 못 만든다.

천사를 기억해

"음, 그렇구나. 세상에서 가장 똑똑한 로봇인 퍼펙투스도 죽었다 깨어나도 못 하는 게 있구나?"

나의 설명을 듣고, 차미가 고개를 끄덕이며 풀죽은 모양으로 앉아 있는 퍼펙투스를 보며 말했다.

한낮의 숲은 햇살이 담요라도 된 듯 포근했다. 다람쥐가 큰 눈을 굴리며 갈참나무를 재빨리 오르고 있었다. 나뭇잎은 살랑거리는 바람에 작은 그네처럼 흔들리고 있었다.

"바람이 불면 나뭇잎이 왜 뒤집히는지 알아?"

퍼펙투스는 바람의 풍속, 나뭇잎의 질량과 같은 과학

적 설명을 해 주기 위해 입술을 오므렸지만 차미가 한발
빨랐다.

"뒷모습을 보여 주려고 그런 거래."

"엉터리, 비과학적이야."

퍼펙투스가 투덜거렸다. 하지만 내 마음을 흔들리게
하는 달콤한 설명이었다.

"내가 여덟 살 때까지 엄마가 잠자리에서 동화를 들려
주셨어. 웃긴 이야기를 들으면 배꼽을 잡았고, 귀신 이야
기를 들으면 무서워서 엄마 손을 꽉 붙잡았지. 엄마는 단
순히 내게 동화를 들려주는 게 아니었어. 나랑 함께 웃고
무서운 척하면서 마음을 키워 준 거야. 이 숲을 바라봐.
나무만으로는 숲이 이루어질 수가 없어. 햇볕, 비, 바람,
다람쥐, 그리고 땅속에서 살고 있는 개미와 함께 숲을 만
들어 가는 거야. 엄마는 날 사랑하는 마음으로 동화를 들
려주었고, 나는 그 사랑을 먹고 푹 잠들었어. 그러면서
마음이 조금씩 성장했지."

"마음이 성장하면 어른이 되는 거네?"

내가 물었다.

"아니, 천사가 되는 거야."

"나노월드에 사는 사람들은 천사를 믿지 않아."

"잊어버렸을 뿐이야."

차미가 말했다.

"잊어버렸을 뿐이라고?"

"다시 기억하면 돼. 천사가 있었다는 사실을."

"퍼펙투스, 너도 힘내. 너무 실망하지 마."

차미는 퍼펙투스의 어깨를 위로하듯 두드렸다.

눈에 보이지 않는 것

"이거, 받아."

나는 쑥스러운 표정으로 차미에게 상자 하나를 내밀었다.

"선물이야?"

차미가 기쁜 표정으로 물었다.

"빵 굽는 로봇이야."

빵 굽는 로봇은 세로 20센티미터, 가로 10센티미터의 작은 기계로 모래알 색깔을 띠고 있다. 안에는 밀가루 반죽을 초 밀도로 압축한 캡슐이 들어 있고, 접으면 호주머니에 넣을 수도 있다.

"여기에 그림을 그리면 똑같이 나와."

나는 들고 있던 작은 모니터를 차미에게 보여주며 설명했다.

"내가 시범을 보여줄게."

나는 손가락으로 화면 위에 동그라미와 네모, 세모를 섞어서 그린 후 실행 키를 눌렀다. 그러자 빵 굽는 로봇이 파란빛을 내면서 작동했다. 얼마 있지 않아 따뜻한 토

스트가 구워져 나왔다. 하얀 종이 위에 까만 글씨를 쓴 것처럼 내가 그린 그림이 선명하게 보였다.

차미는 내가 구운 토스트를 신기한 듯 앞뒤로 뒤집어 봤다.

"로봇…… 괜찮아? 싫어하지 않아?"

내가 퍼펙투스의 눈치를 보며 머뭇거리다 말했다.

"아니, 재밌잖아."

"그런데, 왜 여기서는 로봇을 사용하지 않는 거야?"

"사람이 하기 힘든 일을 로봇이 해 주는 걸 반대하지 않아. 하지만 사람만 할 수 있는 것까지 포기하면 안 되는 거라고 우리 할아버지께서 말씀하셨어. 나도 같은 생각이고 말이야."

"이를테면?"

나는 다시 물었다.

"꿀벌이 꽃에서 꿀을 빨아들이는 걸 본 적 있어? 벌꿀 한 숟가락을 모으려면 벌들이 얼마나 많이 꽃과 벌집을 왔다 갔다 해야 할까. 컴퓨터로 계산하면 숫자 몇 개로

표시되겠지만 나는 볼 때마다 신기해. 그건 숫자로 보이지 않는 거야. 뭐랄까…… 아마 네가 로봇에게 공부시키는 감정일 거야. 사람만이 가슴속에 간직할 수 있는 느낌이겠지. 로봇은 눈으로만 보지만, 정작 소중한 것은 눈에 보이지 않아."

차미의 말에 나는 잠자코 있었다.

"아무튼 이 빵 굽는 로봇은 잘 쓸게. 내일모레가 친구 생일인데 잘 됐다. 고마워!"

차미는 빵 굽는 로봇을 들고는 풀밭을 가로지르며 폴짝폴짝 뛰어갔다. 바람이 차미의 까만 머리카락을 흩트려 놓고 있었다. 마치 뒷모습을 보여주기 위한 것처럼.

"테오, 부탁이 있어. 나에게 마음을 만들어줘. 나도 감정을 느끼고 싶어."

나와 함께 차미의 뒷모습을 바라보던 퍼펙투스가 조용히 말했다.

마음을 갖고 싶어

"끝!"

나는 퍼펙투스의 〈감정을 입혀 봐〉 프로젝트에 대한 보고서를 이모가 계신 로봇 연구소로 보냈다.

퍼펙투스는 내가 보고서를 쓰는 동안 방 한 귀퉁이에 시무룩하게 서 있었다.

'시무룩하다니, 퍼펙투스는 로봇인데…… 이모의 표정 프로그램은 역시 최고야.'

"퍼펙투스, 뭐해?"

"퍼펙투스, 야?"

나는 대답 없는 퍼펙투스를 재차 불렀다.

"테오, 난 마음을 가질 수 없을까?"

"마음? 퍼펙투스, 넌 감정을 학습하기 위해 여기 왔잖아. 마음이 아니라."

나는 생뚱맞은 퍼펙투스의 대답에 황당한 표정으로 대답했다.

"인간들의 감정은 차미의 말처럼 눈에 보이지 않는 것들이잖아. 그건 마음이 있어야 하는 거잖아. 하지만 내 프로그램 어디에도 마음은 없어."

아. 나는 순간 당황했다. 퍼펙투스의 감정 입히기가 불완전했던 이유가 마음이 없어서라니.

"퍼펙투스, 우리 좀 더 노력해 보자. 전통인간 구역의 아이들과 자주 만나다 보면 너도 감정을 가지게 될 거야. 꼭 마음이 없어도 말이지."

나는 실망한 퍼펙투스를 위로했다.

"하지만 테오……."

설득 실패.

아, 그렇지!

"퍼펙투스, 너 오즈의 마법사 알지?"

"오즈의 마법사? 회오리바람에 실려서 오즈라는 마법의 나라에 떨어진 도로시라는 꼬마 아가씨가 나오는 그 오즈의 마법사?"

퍼펙투스는 정보 데이터를 가동해 대답했다.

"그래, 오즈의 마법사. 거기 보면 두뇌가 없는 허수아비, 용기가 없는 겁쟁이 사자, 심장이 없는 양철 나무꾼이 나오잖아."

나는 신이 나서 말을 이었다.

"그 셋은 도로시와 여행을 하면서 여러 가지 사건을 해결해. 그리고 결국은 자신들이 원하는 것을 얻었어. 퍼펙투스 너도 그들처럼 될 거야."

"테오, 그럼 나는 심장이 없는 양철 나무꾼인 거야?"

"아니지, 너는 그 셋을 다 합쳐 놓은 거지. 그러니까 너는 훨씬 유리해."

"하지만 테오, 그건 그냥 이야기잖아. 현실 가능성 0퍼센트야."

"퍼펙투스, 물고기를 잡던 아저씨의 말 기억해? 믿음은 0퍼센트를 100퍼센트로 만들기도 해. 너 자신을 믿어 봐. 너는 꼭 해낼 거야."

내 말에 퍼펙투스의 두 눈이 반짝였다.

"고마워, 테오. 난 꼭 인간의 감정을 배울 거야. 그래서 꼭 마음을 가질 거야."

이별

오늘은 나도월드 중앙 타워 상황실에 전통인간 구역에 대해 보고를 하는 날이었다. 그런데 보고를 마치고 집으로 돌아가니, 집 앞에 대형 트레일러와 화물 로봇이 몇 대 서 있었다.

나는 성큼성큼 집 안으로 들어갔다.

"안녕, 테오."

"이모, 웬일이세요?"

"어, 퍼펙투스를 데려가려고 왔단다."

"갑자기…… 왜?"

나는 당황해서 말을 이을 수가 없었다.

"그동안 수고 많았어, 테오."

"안돼요. 퍼펙투스의 감정 입히기는 아직 끝나지 않았어요. 앞으로 할 게 얼마나 많다고요."

나는 퍼펙투스를 보내지 않기 위해 이모를 설득하려고 했지만 이모의 생각은 달랐다.

"테오, 퍼펙투스1은 실험 로봇이야. 우리 로봇 연구소에서 만드는 차세대 로봇의 조상이라고 할 수 있지. 이제 〈감정을 입혀 봐〉 프로젝트가 어느 정도 마무리되었으니 퍼펙투스를 연구소로 데려가서 새로운 연구를 해야 한단다."

나는 퍼펙투스의 이름에 '1'이 붙은 이유를 이제야 이해했다.

"이제 퍼펙투스를 다시는 볼 수 없는 건가요?"

나는 실망으로 고개를 떨어뜨리며 말했다.

"더욱 훌륭해진 퍼펙투스2가 탄생하는 거지. 아주 멋질 거란다. 기대해도 좋아."

이모는 환하게 웃으며 말했다.

"하지만······ 퍼펙투스는 아니잖아요."

"자, 시간이 다 되었구나. 나는 이만 연구소로 돌아가야겠다. 잘 지내렴."

이모는 중얼거리는 내 목소리를 듣지 못하고 인사를 했다.

"잠깐만요, 이모. 퍼펙투스와 인사하고 싶어요."

나는 이모와 나의 대화를 듣고 있던 퍼펙투스에게로 몸을 돌렸다.

"퍼펙투스······."

"테오······."

우리는 서로를 바라보며 말을 잇지 못했다.

"테오, 내가 조금 바쁘단다. 어서 돌아가야 해."

이모는 나를 재촉했다.

"퍼펙투스, 잘 가."

"테오, 잘 있어."

이모는 퍼펙투스를 데리고 집을 나섰다. 나는 떠나는 퍼펙투스에게 소리쳤다.

"퍼펙투스, 너는 정말 좋은 로봇이야! 아니, 소중한 내 친구야!"

퍼펙투스는 희미하게 웃었다. 꼭 내 말을 이해한 듯이.

진짜 마음

퍼펙투스를 떠나보내고 나는 전통인간 구역에 더 자주 놀러 갔다. 나는 차미와 퍼펙투스에 대해 이야기를 나누었고, 우리는 웃고 그리워하며 더 친해졌다.

오늘은 차미에게 자전거 타기를 배웠다. 조금은 탈 줄 알았지만, 좁은 논둑길을 달리자니 온몸이 긴장으로 딴딴해졌다. 로봇 조작보다 자전거 타기가 훨씬 힘들다니. 지그재그로 휘어진 곳에서 끝내 몸이 균형을 잃었고, 나는 자전거와 함께 논바닥에 뒹굴었다.

"이번이 세 번째!"

논둑길에서 자전거를 멈춘 차미가 웃으며 말했다.

"자꾸 놀릴래!"

나는 창피한 나머지 얼른 일어나려고 했다. 그런데 눈 주위를 새까맣게 칠한 커다란 얼굴이 앞에서 떡하니 쳐다보고 있었다. 그 옆에는 손에 방망이를 든 도깨비도 있었다. 바닥에 납작 엎드린 부리부리한 눈의 호랑이도 있었다. 벼를 쪼아 먹으려는 참새들을 쫓아내기 위한 허수아비들이었다. 로봇을 쓰면 될 텐데, 라는 생각이 금세 들었다가 그냥 웃고 말았다.

전통인간 구역의 어른과 아이들은 모두 즐거워하며 이 못생긴 허수아비를 만들었을 것이다. 나노월드는 사람의 손으로 무언가를 직접 만드는 일은 없다. 컴퓨터를 이용하거나, 정확하고 빈틈없는 로봇을 사용한다. 사람들이 모여 머리를 맞대고 의논할 일도 없다. 인터넷으로 연결된 화면으로 필요한 대화를 나누면 된다.

반대로 전통인간 구역에는 가상 세계가 존재하지 않는다. 바깥으로 나와 바람에 실려 오는 꽃향기를 직접 맡는다. 숲속의 보드라운 이끼를 손으로 만지고 깃털 고운 새들이 숲에서 파닥이는 소리를 듣는다. 바닷가에서 조개를 잡고, 드넓은 모래밭에서 두 팔을 하늘로 벌려 맘껏 소리 지른다. 여기는 나노월드에는 없는 따뜻한 기운이 내내 흐르고 있다.

나는 퍼펙투스가 떠올랐다.

'나도 마음을 갖고 싶어.'

퍼펙투스가 갖고 싶어 하던 마음, 그건 어쩌면 사람의 감정에 반응하는 것만은 아닐 것이다.

입력한다고 되는 것은 아닐 것이다. 가르친다고 되는 것도 아닐 것이다.

'내가 퍼펙투스에게 내 진짜 마음을 보여 준 적이 있었던가?'

그때 차미가 나의 어깨를 툭 치며 종이에 꼼꼼히 싼 것을 내밀었다. 만져 보니 따뜻했다.

"빵 굽는 로봇으로 구운 거야."

차미가 말했다.

"네가 로봇을 사용했다고?"

들뜬 나는 차미가 종이에 꽁꽁 싸서 준 토스트를 펼쳐 봤다. 토스트에 그려진 그림이 나를 똑 닮았다.

"이거 혹시 내 얼굴?"

차미는 부끄러운 듯 아무 대꾸도 하지 않았다. 나는 웃음을 감출 수가 없었다.

'차미를 좋아하는 테오, 이게 말이 돼?'

갑자기 고개를 절레절레 흔드는 퍼펙투스의 모습이 떠올랐다.

"나, 갈 곳이 있어."

나는 쓰러진 자전거를 일으키며 말했다.

"어디로 갈 건데?"

차미가 물었다.

"퍼펙투스 데리러!"

그때 차미가 나를 꼭 안아 주며 말했다.

"나도 갈게."

차미와 함께하는 자전거 페달이 어느 때보다 경쾌했다.

바다 위에서는 두 마리의 흰 갈매기가 지그재그로 날며 파도와 놀고 있었다.